El sueño de Bhakti
ISBN: 978-607-9344-36-8
1ª edición: mayo de 2014

© 2010 *by* Fabiana Fondevilla
© 2013 de las ilustraciones *by* Daniel Roldán
© 2010 *by* EDICIONES URANO, S.A., Argentina.
Paracas 59 – C1275AFA – Ciudad de Buenos Aires

Edición: Anabel Jurado
Diseño Gráfico: Daniel Roldán

Ediciones Urano México, S.A. de C.V.
Insurgentes Sur 1722, ofna. 301, Col. Florida
México, D.F., 01030, México.
www.uranitolibros.com
uranitomexico@edicionesurano.com

Impreso en China – *Printed in China*

El SUEÑO de BHAKTi

Fabiana Fondevila • Daniel Roldán

URANITO EDITORES
ARGENTINA - CHILE - COLOMBIA - ESPAÑA - ESTADOS UNIDOS - MÉXICO - PERÚ - URUGUAY - VENEZUELA

FABIANA FONDEVILA

Fabiana escribe cuentos, notas, novelas y sueños.
Escribe para recordar, para agradecer, para celebrar. Sobre todo,
escribe para dar cuenta de su asombro infinito y tenaz.

DANIEL ROLDÁN

Daniel es ilustrador y pintor. Piensa que vivir es una oportunidad
para conocer el mundo, por eso le gusta tanto viajar en avión, en barco,
en monopatín o leyendo un libro también.

CUENTOS QUE NOS CUENTAN

U na estepa helada. Un bosque húmedo y envuelto en sombras. Las olas de un mar bravío. Un pico empeñado en besar el cielo. El manso fluir de un río.

Fértiles o desprovistos, hostiles o acogedores, desafiantes o agraciados, los paisajes que habitamos siempre han sido marco de nuestros sueños y desvelos, tema de nuestras narraciones, fuente de inspiración, destino.

Como las leyendas que narraran los ancianos bajo las estrellas, estos relatos se nutren de la tierra y el agua, del aire y el fuego que en cada rincón del planeta se fundieron de manera precisa y necesaria para dar lugar a un mundo. Sus protagonistas contemplan a los seres que habitan ese universo, se descubren en ellos y aprenden. Del jaguar, la fiereza; de la hormiga, la constancia; de la montaña, el aplomo; del sol, en su incansable retorno, la esperanza, la osadía, la sorpresa.

Cambian los colores y los escenarios. Algunos apenas adivinan el cielo entre la espesura, otros dialogan a diario con el horizonte. Pero es más lo que une a estos pueblos primigenios que lo que los diferencia. "Cada parte de esta tierra es sagrada para mi gente —dijo el cacique Seattle en 1852—. Cada lustrosa hoja de pino, cada costa arenosa, cada bruma en el bosque oscuro, cada valle, cada insecto zumbón, todos son sagrados en la memoria y la experiencia de mi pueblo".

Dondequiera que hoy vivamos, así fueron nuestros comienzos: abiertos al misterio; ajenos a la ilusión de la soledad; plenos de veneración por los ancestros y de respeto por los poderes naturales, incluso los más oscuros; agradecidos, siempre, con las fuentes de sustento.

¿Estamos de veras tan lejos de nuestros antepasados? ¿Podremos aún, como ellos, succionar con las abejas, tejer con las arañas, cantar con las ranas y enmudecer al alba? ¿Podremos percibir aún, en la tierra seca, la huella de antiguas pisadas?

Si hemos olvidado, que el pródigo universo nos lo recuerde.

El SUEÑO de BHAKTi

Las canastas de Bhakti rebosaban de cocos, mangos, bananas, frutas verdes y redondas como pelotas de fútbol. Pero la niña aún no estaba cansada y decidió hacer una última expedición de cosecha. Después de todo, en su casa nada sobraba: siempre había una fila de amigos, vecinos y peregrinos que alimentar. Deslizó su bote por el canal angosto, partiendo las aguas mansas a su paso. Apenas tocó tierra, se colgó una canasta de cada brazo y se internó en la selva.

Entre el follaje de palmeras, ficus y bambúes, apenas se filtraban unas gotas de sol. Cada rama que rozaba Bhakti a su paso despedía un aroma diferente: vainilla, cardamomo, fenogreco y hierba de limón. Desprendió una orquídea fucsia y se la sujetó al pelo. Amaba adornarse el cabello y que su padre le dijera, a su regreso: "¿Quién es el pimpollo que se acerca?". Pensó en juntar más orquídeas y hacer con ellas una corona; eso sí que impresionaría a su padre. Por eso fue que se alejó más que de costumbre. Ya había juntado unas cuantas y se aprestaba a regresar cuando escuchó un gemido a lo lejos. Dio varios pasos inseguros en dirección del sonido. Sabía que no debía acercarse a animales desconocidos, pero su curiosidad ganó la batalla. Se acercó más y más. De golpe, volvió a escucharlo. Sonó tan cerca esa vez que tropezó con un tronco y se cayó de sentón.

Entonces, la vio. Una cachorra de elefante, tan peluda como preciosa, la miraba con ojos desconcertados. Bhakti se incorporó.

—¡Hola, elefantita! ¿Qué te trae por aquí? —Apenas lo dijo, recordó el consejo tantas veces oído de boca de sus padres: "Nunca te acerques a una cría de elefante. La madre siempre anda cerca y no perdona". Miró a su alrededor. No había movimiento entre el follaje, ni llamados que tronaran a la distancia, ni pisadas que sacudieran el piso. Sobre todo, supo que la cachorra estaba sola por su gesto de desolación.

Los elefantes bebé viven pegados a sus mamás; enroscan la trompa en sus colas y se mueven en fila con ellas por la vida. Bhakti lo sabía bien. Una cachorra que miraba el suelo y no buscaba la huella materna estaba decididamente perdida y, seguramente, hacía rato. El corazón de la niña se hizo un nudo. Un elefante necesita comer y beber casi continuamente, y los cachorros no tienen la habilidad de proveerse de alimentos ni agua por sí solos.

Bhakti se acercó despacito, arrastrando los pies para no sobresaltarla. La elefanta apenas la miró. Sus pestañas largas seguían fijas en la tierra y le daban un aire de infinita tristeza. Estiró la mano lentamente, como acariciando el aire, y la posó sobre el lomo. Le sorprendió la suavidad del pelaje sobre el cuero duro. Entonces, se animó y le acarició las orejas, la frente, bajó suavecito por la trompa. La elefanta, cabizbaja, se dejó mimar. Al fin, giró hacia la niña y sus ojos se encontraron en una larga mirada. La ternura de una envolvió la soledad de la otra y, por un instante, ambas parecieron respirar al unísono. Los ojos de la elefanta estaban secos, y Bhakti supo que necesitaba tomar agua.

—Tenemos que llevarte a la laguna. Vas a tener que seguirme.

Enrolló su brazo en la trompa de la elefanta, se puso de frente y, cual mamá elefanta, dio unos pasos seguros al frente. Su corazón brincó de felicidad al ver que la cachorra la seguía. Avanzaron lentamente por la selva. Solo se oía el murmullo de las hojas que aplastaban al pasar y el sonido de algún pájaro que picoteaba cocos bajo las frondas de una palmera. Cuando llegaron a la laguna, Bhakti se metió de un salto.

—¡Vamos, amiga, hace calor y el agua está fresca! —Salpicó con los brazos, sonrió grande y trató de tentar a la elefanta para que también se zambullera, como tantas veces había visto que lo hacían los elefantes del templo. Pero la cachorra no entendía: la miraba inmóvil desde la orilla. Bhakti salió del agua, se exprimió el pelo y con las gotas que chorreaban mojó la cabeza de la elefanta.

—Vamos, vaaaamos —insistió Bhakti con voz tentadora. Tomó la trompa y con un movimiento rápido la hundió en el agua. La elefanta se llevó un sorbo a la boca.

—¡ien, así, eso es! —aplaudió la niña. Cuando se hubo saciado, Bhakti la empujó desde atrás usando todas sus fuerzas.

—Ahora, adentro, necesitas un buen baño. Te va a encantar, ya verás.

La elefanta hundió las patas delanteras en el barro. Bhakti siguió empujando y la elefanta pronto estuvo por completo sumergida en el agua color chocolate. Al instante, barritaba de placer y lanzaba chorros con la trompa en todas las direcciones.

—¡Te dije que te iba a gustar! —rió la pequeña.

Jugaron en el agua largo rato. En un momento, Bhakti quiso llamar a la elefanta para que la acompañara a la catarata y se dio cuenta de que su nueva amiga necesitaba un nombre. La miró, parada ahí tan mansita, haciéndole caso a cada indicación de una criatura tanto más débil y diminuta que ella. Y enseguida lo supo. Dejó caer unas gotas de agua en su frente y declaró, solemne:

—Por tu humildad, digna de los dioses, te bautizo... ¡Namita!

Caía la tarde y Bhakti tenía que despedirse. Enroscó su brazo en la trompa de Namita y juntas volvieron a la orilla del río. Buscó en la barcaza tres docenas de bananas, cuatro cocos y seis mangos, y se los ofreció a su amiga. Primero de a uno, después de a dos, de a tres, al final de a cuatro.

—¡Despacio, Namita, que me vas a comer la mano! —le dijo entre risas—. Ahora tengo que dejarte. Mi barca no soportaría tu peso y no tengo cómo llevarte a casa. Pero volveré a buscarte. Espérame siempre aquí, al lado de las palmeras altas, ¿sí?

Se abrazó a la trompa, y la elefanta rodeó con ella la cintura delgada de la niña. Bhakti volvió a su casa con seis canastas vacías y una increíble historia que contar.

—¡No hay forma, Bhakti! ¡De ninguna manera podemos adoptar a ese animal! ¿Tienes idea de lo que come una elefanta por día? Si a duras penas tenemos suficiente para nosotros... —protestó Gopal, el padre.

—Yo puedo salir a juntar fruta todos los días y también pasto y ramas tiernas de bambú. ¡Siempre dices que logro todo lo que me propongo, *ayyan*!

sto es diferente. Podemos buscar a tu elefanta y llevarla de regalo al templo. No hay nada más que hacer... Será un buen regalo para los dioses.

—Namita morirá de tristeza en el templo. Ella me necesita a mí —dijo Bhakti. "Y yo a ella", pensó para sus adentros.

No se habló más del tema. Los padres de Bhakti imaginaron que la niña había olvidado el sueño. Lo que no sabían era que, muy por el contrario, cada tarde al salir del colegio, con la excusa de quedarse jugando con sus amigas Bhakti tomaba su barcaza y se dirigía a la isla de su elefanta. La cachorra esperaba ansiosa la hora en que llegaba la niña con su provisión de frutas, bambú, *appam* y otras delicias. O al menos eso parecía, porque, en cuanto Bhakti se acercaba, Namita la recibía al galope con orejas que bailaban en el viento y barritaba a lo loco, como gritando su nombre. Bhakti, a su vez, dejaba todo por acudir a la cita: se perdía salidas con sus amigas, faltaba a las clases de lucha *kalaripayattu*, su actividad favorita de la semana, y encima llegaba tarde a la cena y tragaba su comida a las carreras. Hasta dejó de ver el espectáculo de *kathakali*, cuya llegada al pueblo había aguardado semanas. Nada importaba tanto como reunirse con su amiga.

Una tarde calurosa las encontró jugando, como siempre, a orillas del río. Namita seguía a Bhakti dondequiera que fuera. De pronto, la niña atisbó un árbol de mango cargado de fruta. Iba a llenar la canasta para llevársela a la cachorra, pero en el camino tuvo una idea mejor. Tomó un mango y lo escondió tras la espalda, donde Namita apenas podía verlo. Tocó la pata de la elefanta y dijo, con voz fuerte y decidida:

—Pata. —Alejó la mano y repitió el gesto—. Pata —dijo otra vez, acariciando la piel gruesa y arrugada.

En tan solo cuatro intentos, Namita entendió: al escuchar el misterioso sonido, acercó su pata tímidamente a la mano de Bhakti.

—¡Eso es! ¡Bien, Namita! ¡No solo eres la más humilde, sino también la más inteligente de todas! —celebró la niña y le entregó el premio.

esde ese día, en cada encuentro la niña le enseñaba a la elefanta dos nuevas palabras. De a poco, el mundo de Namita se fue poblando de árboles y pájaros, frutas y flores, todas y cada una con nombre propio.

Habiendo conquistado las palabras, Bhakti se animó a intentar trucos y destrezas. Empezó por mostrarle cómo pararse en dos patas para alcanzar los cocos más altos de la palmera. Namita lo entendió enseguida: se irguió sobre sus patas traseras, apoyó las delanteras sobre el tronco y estiró la trompa hasta rozar la copa.

Bhakti dio un paso atrás, sus ojos llenos de asombro. "Esto es lo que hacen los *mahouts*", pensó de repente. Solo que, para enseñarles trucos a sus elefantes, los entrenadores recurrían a palos y cadenas. Ella, en cambio, le enseñaba con premios, mimos y amistad verdadera. Y, así, en una tarde como cualquiera, Bhakti ideó su sueño, su meta, su futuro: sería la primera mujer *mahout* del mundo. Más importante aún: sería la primera en entrenar a su elefanta con palabras en vez de castigos, caricias en vez de amenazas. Faltaban solamente unas semanas para el Festival de Puram, el más importante y prestigioso de toda la región. Era la ocasión ideal: ¡Namita desfilaría con las caravanas de elefantes de los templos! ¡Su cachorra de elefanta, la más humilde e inteligente sería, además, la más famosa!

Claro que participar en el festival del templo no era una tarea fácil. Los elefantes que desfilaban en la procesión iban ataviados con manto bordado y cabezal de oro, y el jinete que los montaba llevaba atuendo de fiesta y sostenía un magnífico parasol. ¿Dónde iba a conseguir Bhakti semejantes tesoros? Y estaba, también, la pequeña cuestión de trasladar a la elefanta decenas de kilómetros por agua hasta llegar a destino...

Esa noche, habló con sus padres. Primero, se enojaron por su desobediencia. Pero, al escucharla relatar las proezas que había logrado con Namita, al entrever la osadía y la majestuosidad de su plan, el orgullo fue más fuerte. ¡Tener un elefante propio para el desfile del Festival de Puram, como las familias ricas y los templos! Solo imaginar a su hija, montada como una reina sobre su lomo... ¡qué regalo para los dioses! ¿Quién hubiera soñado tal honor para gente sencilla como ellos?

Pusieron manos a la obra. No podrían aspirar a un *nettipattam* de oro para la cabeza, pero entre todos se arreglarían para fabricarle un digno atuendo. Oma, la mamá, juntó todos los retazos de tela que encontró en la casa y en las de los vecinos, y con ellos cosió el manto. Deshizo sus mejores collares y con las cuentas bordó cuatro bonitas guardas. El padre consiguió un parasol prestado de su amigo Pradesh, el guardián del templo. Bhandu, el hermano menor, hizo una colecta en el jardín de infantes y reunió pinturas en todos los colores del arco iris. La propia Bhakti esculpió en barro la figura de la diosa que llevaría en la procesión. En una semana, estuvo todo listo, ¡y más que listo! Namita brillaría como una gema, una estrella del firmamento, una bendición para los ojos. Solo restaba ir a buscarla y trasladarla hasta el lugar del festival. Solo eso...

Le hicieron frente al desafío. Con ayuda de sus amigos y vecinos, construyeron una gran balsa de troncos. La reforzaron con tantas sogas como había en el pueblo y, tras saltar sobre ella varias veces para probar su resistencia, pronunciaron unos rezos y soltaron amarras. Llevaban con ellos diez canastas de fruta, quince baldes de agua fresca, el atuendo para Namita y toneladas de emoción.

El viaje pareció eterno. Bhandu saltaba como una liebre por la ansiedad, tirando las canastas y desparramando mangos y bananas por todos lados.

—Ya casi llegamos —anunció Bhakti al fin.

Todos achinaron los ojos en busca de la elefanta. La niña señaló una orilla tapada de palmeras.

marraron la balsa.

—Espérenme aquí. No quiero que la asusten... —advirtió.

Al cabo de un rato, apareció de vuelta con Namita, que le seguía los pasos. Los ocupantes de la barca suspiraron de emoción. Tras unas palabras de Bhakti, la elefanta dio un paso firme y apoyó las patas delanteras en la balsa. El sacudón fue tan fuerte que pareció que terminarían todos en el agua.

—¡Vamos, Nami, ya! —Bhakti le dio un tirón a la trompa y la elefanta logró subir el resto del cuerpo justo a tiempo.

El recorrido por los canales generó gran revuelo en las orillas. Las mujeres que lavaban ropa perdían prendas en el río por la distracción, los chicos se trepaban a los cocoteros y sacudían los brazos a su paso, las casas-bote los seguían para observar el espectáculo de cerca. Namita los miraba a todos con algo de susto, pero un mimo de Bhakti bastaba para tranquilizarla.

Promediando la tarde, llegaron a destino. Bajaron a Namita de la barca y se abocaron a vestirla, pintarla y decorarla. Cuando todo estuvo listo, Oma sacó un paquete de su bolso. Ante la mirada intrigada de Bhakti, la mujer lo abrió ceremoniosamente. Era un sari color carmín con finas guardas doradas.

—El que usé para mi casamiento, hija. Me gustaría que lo usaras hoy —dijo.

Bhakti iba a protestar, pero los ojos húmedos de su madre la convencieron. La mujer la envolvió en la larga tela de seda, que ajustó a su cintura con un broche dorado.

El momento había llegado. El padre le dio una mano a Bhakti para ayudarla a montar a Namita. Hasta ese momento, la niña no se había acordado de que esa era la manera en que los elefantes desfilaban en los festivales: con jinetes montados sobre sus espaldas.

 l padre la vio dudar y pensó que tenía miedo.

—Hija mía, con todo lo que has logrado con tu elefanta, esto es una tontería... —dijo, arrodillándose para ayudarla.

—No es eso, *ayyan*... Es que Namita camina detrás de mí y me agarra con su trompa. Siempre lo hicimos así. Si vamos a desfilar, será de esa manera.

—Pero... ¿y el parasol? ¿Y la efigie de la diosa...?

No tuvieron tiempo de seguir hablando porque ya se escuchaba a la distancia el tronar de los tambores y los címbalos, que llamaban a la fiesta desde el templo. Ataviadas las dos como una ofrenda divina, a paso firme una tras la otra, partieron. La familia las siguió en procesión.

A medida que se acercaban al centro del festejo, el ruido y el tumulto se volvían más intensos. Las familias se apiñaban para ver mejor las fastuosas caravanas. Los templos se habían esmerado este año: los elefantes refulgían con sus ropajes de oro y plata, piedras de colores y espejos como estrellas. En el centro de cada caravana, las efigies de los dioses sonreían en lo alto a la multitud.

—¡Vamos, Bhakti! ¡Únanse a las caravanas o quedarán atrás! —urgió el padre. Bhakti intentó moverse, pero Namita la miraba con un gesto de terror muy parecido al suyo—. ¡Ya, Bhakti, que van a empezar los fuegos! ¡Deben tomar su lugar o no las verá nadie!

Bhakti lo sabía. Era este el momento para el que se habían preparado, esta la oportunidad de mostrar al mundo de cuánto eran capaces una simple niña y su cachorra de elefanta. Y, sin embargo, ni sus dos pies ni las cuatro patas de Namita daban un solo paso al frente.

Juntó fuerzas y le dio un tirón suave a la trompa.

—Es nuestro regalo para los dioses, Nami, ¿te acuerdas? Y para mi familia... todos nos esperan.

L a elefanta no quitaba la mirada clavada del piso, sus pestañas gruesas a media asta. Bhakti apoyó su cara contra la piel rugosa de su amiga. Conocía ese gesto: era el mismo que tenía la elefanta la tarde en que la encontró en la selva, triste y perdida. No era para esto que habían pasado todas estas tardes juntas en la selva; no señor. Miró a su padre y dijo:

—Lo siento, *ayyan*. Sé que les hacía ilusión vernos desfilar. Pero creo que no será este nuestro regalo para los dioses.

Gopal miró a Oma, Oma miró a Bandhu, los tres miraron a la procesión de amigos que aguardaban en fila, expectantes. Y Gopal dijo:

—Nos vamos a casa.

Cuando llegaron de vuelta a la balsa, el tronar de los tambores llegaba a su clímax. Pronto empezarían los fuegos de artificio y la gente gritaría de contenta y se olvidaría por esa noche de sus problemas, de sus temores, de sus vidas atribuladas.

Con un leve empujón, alejaron la balsa de la orilla, dejando atrás el bullicio, la ilusión y la fantasía.

—¿Qué vamos a hacer ahora, hija? —preguntó Oma—. ¿Cómo vamos a hospedar a una elefanta que crece por metro cada día? ¿Dónde dormirá? ¿Cómo la alimentaremos? ¿Y cuando se ponga grande...?

Bhakti tomó la trompa de la elefanta y la posó, como un susurro, sobre la mejilla de su madre.

—Ya veremos —dijo la niña, como tantas veces le había dicho su madre a ella—. Ya veremos, Omita...

El silencio envolvió la balsa y a sus habitantes. Un silencio antiguo como las aguas del río, manso como la mirada de Namita, fértil como el amor de Bhakti. Un silencio repleto de promesas. En el cielo oscuro, estallaban los primeros soles.

¿QUiÉNES SON?

Los hindúes son los pobladores de la India, el séptimo país más grande del mundo y el séptimo en población. Es un país muy antiguo, donde hay gran cantidad de lenguas, religiones, músicas, danzas, artes y formas de cocinar. Sin embargo, todas estas culturas tienen algo en común: una profunda espiritualidad, una notable inclinación a la belleza y una filosofía que ha ejercido gran influencia en el mundo. Por ejemplo, el yoga, la meditación, el vegetarianismo y otras prácticas han llegado a Occidente desde este país. Quizás también hayan escuchado a alguien decir que tiene "buen karma", que se aprendió un mantra para meditar o que le gusta prender incienso para limpiar sus *chakras*. Bueno, tal vez no las hayan escuchado nombrar, pero estas palabras se usan cada vez más a menudo y todas provienen del sánscrito, antigua lengua de los habitantes de la India.

De hecho, algunos historiadores consideran que la civilización india es la más antigua del planeta; se calcula que se originó 8000 años antes de Cristo. En la India, nacieron cuatro importantes religiones: el hinduismo, el budismo, el jainismo y el sijismo. Las primeras dos combinadas reúnen más de dos billones de adeptos. ¡No es poco decir!

Y aclaramos ahora mismo algo importante: si bien el hinduismo es una religión, a los habitantes de la India se los puede llamar *indios* o *hindúes*, ¡ambas formas son correctas!

Pero no es fácil hablar de este país como hablaríamos de otros, porque las costumbres y los estilos de vida varían tanto de un lado a otro que parece que habláramos de varios. Sobre todo, hay diferencias muy marcadas entre el norte, el sur y la zona montañosa del oeste. Pero si quieren, les contamos aquí de algunas de las cosas que todos estos habitantes tienen en común.

¿CÓMO SE VISTEN?

Tradicionalmente, las mujeres de la India usan *saris*, una suerte de vestido hecho de una tela larga y bonita con la que se envuelve el cuerpo. Cada uno puede estar hecho de… ¡cuatro a nueve metros de tela! ¿Cómo se coloca? Se pasa la tela alrededor del cuerpo varias veces y, al final, se cruza desde un hombro hasta la cintura, dejando la panza al descubierto. Debajo, llevan una blusa llamada *choli* y cubren sus piernas con una especie de enagua. El *choli* tiene mangas cortas y es fresco, ideal para los veranos calurosos del sur de la India. Pero lo más llamativo de la apariencia elegante de las hindúes es el *bindi*, que viene del sánscrito *bindu* y significa 'gota' o 'punto'; el *bindi* es un círculo de color que llevan pegado o dibujado entre las cejas, en lo que los hindúes consideran el tercer ojo. ¿Por qué en ese lugar? Porque, para el hinduismo, este *chakra* representa la inteligencia más elevada. Entienden que si una persona lo estimula con ejercicios de

respiración y concentración, puede desarrollar poderes especiales, como la telepatía. ¿Alguna vez adivinaron quién estaba llamando por teléfono antes de contestar? ¡Quizás tengas un tercer ojo superdotado!

Tradicionalmente, las mujeres casadas usaban *bindis* para avisar que ya no estaban disponibles para ser cortejadas. En ese entonces, eran rojos y se hacían con tierra colorada. Pero, hoy en día, muchas mujeres y hombres los usan en forma decorativa.

También suelen pintarse las palmas de las manos y las plantas de los pies. Este arte se llama *mehndi*. Antes, lo practicaban las mujeres el día de su casamiento y a veces quien las pintaba era el futuro esposo. Casi todas las mujeres hindúes se embellecen de esta manera para los festivales importantes.

La vestimenta tradicional de los hombres es muy simple: se llama *kurta pijama* y… sí, ¡es el antepasado de los que usan para dormir! También visten una tela larga llamada *dhoti*, que cruzan entre las piernas para formar pantalones. Pero, en las grandes ciudades, casi todos usan hoy pantalones comunes. Andarán apurados igual que nosotros. Imaginen a sus papás luchando para ponerse el *dhoti* mientras desayunan apurados antes de la oficina. Qué enredados terminarían, ¿no?

¿QUÉ COMEN?

A romática, sabrosa y colorida, la cocina hindú es una fiesta para los sentidos. ¿Y saben por qué? ¿Se acuerdan de qué buscaba Colón cuando se topó por accidente con América? ¡Exacto! ¡Las especias de la India! Los historiadores dicen que fue justamente el comercio de especias entre India y Europa el que impulsó la Era del Descubrimiento, esa época en la que las grandes potencias se la pasaban surcando los mares con ánimos de conquista.

Una comida hindú es un sinfín de platillos de todos los colores, desplegados bellamente sobre una mesa al ras del piso. No usan sillas, sino que se descalzan y se sientan en almohadones. La comida dispuesta de esa manera es hermosa de ver, oler... ¡y tocar! Sí, tal como lo oyeron, en la India nadie podría regañarlos por comer con las manos, porque ¡eso es lo que corresponde! O, más precisamente, los bocados se envuelven en unos panes super planos llamados *chapatis*, que sirven de cubiertos, y siempre, siempre, se usa la mano derecha.

Los postres hindúes merecen un párrafo aparte. Suelen ser muy dulces y algo pegajosos, aunque hay para todos los gustos. Muchos de ellos llevan coco, almíbar, leche, canela y arroz. Y son... ¡riquísimos! ¿A alguien se le hizo agua la boca? A ver quién se anima a ponerse el delantal y dejar a sus padres boquiabiertos con una perfecta merienda. Tomen nota:

➡ *LASSI* DE MANGO: Es una bebida a base de yogur que se toma helada (o repleta de hielo picado) y puede ser dulce o salada. Algo me dice que la preferirán dulce, así que aquí va en esa versión:

Ingredientes (para cuatro personas):
- 1 taza de agua bien fría;
- 500 gramos de yogur entero;
- 4 cucharaditas de azúcar;
- 150 gramos de salsa de mango o mango picado (o la fruta que tengan, pero bien madura).

Preparación: Poner en la licuadora el agua, el yogur, la salsa de mango y el azúcar. Licuar hasta que tenga la consistencia que más les guste. Servir de inmediato (antes de que pase alguien, ¡y se la tome directo de la licuadora!). Para decorar, pueden agregarle trocitos de mango o de la fruta que hayan usado.

➡ *CHAPATIS*:

Ingredientes (para doce panes pequeños):
- 350 gramos de harina común;
- 50 gramos de harina integral;
- 1/2 cucharadita de sal;
- 250 mililitros de agua tibia;
- 60 mililitros de aceite.

Preparación: Mezclar la harina, el aceite y la sal, y añadir poco a poco el agua. Amasar diez minutos, hasta que se forme un bollo. Dejar un ratito en reposo y, luego, formar las doce bolas. Aplanarlas con la mano o con un rodillo, hasta que queden planitas y redondas. Para terminar, pídanles a sus mamás o algún adulto que las dore en una sartén seca, a fuego medio.

¿EN QUÉ CREEN?

Ahora vamos a hablar del hinduismo, una de las tres religiones más importantes de la India, junto con el cristianismo y el islamismo. Los fieles de esta religión no creen en un solo dios sino en una multitud de ellos. Los tres más importantes son Brahma, Vishnu y Shiva, aunque también pueden entenderse como tres aspectos del mismo dios (un poco como si pensaras en ustedes mismos como hijos, hermanos y alumnos, por ejemplo). También están Ganesha, un dios con cabeza de elefante; Lakshmi, la bellísima diosa que emerge de una flor de loto; y Kali, la divinidad terrible que lleva un collar de calaveras. Cada una de estas divinidades —y son cientos— tiene sus propios templos, rezos y tradiciones. En cada casa, hay un altar con símbolos de los dioses más queridos, a los que dejan ofrendas de alimentos, flores, incienso y agua.

¿Qué pondrían ustedes en sus altares? ¿Qué les parece tan lindo o tan importante en sus vidas que valdría la pena darle un lugar privilegiado en sus cuartos? A los hindúes también les gusta homenajear a sus dioses echando a flotar velitas de aceite dentro de cuencos de cerámica u hojas de banano en el sagrado río Ganges. Muchos hindúes son vegetarianos a causa de sus creencias. Por esa misma razón, si algún día visitan la India, verán que las vacas se mueven por las calles con la misma soltura que los autos en las nuestras. Esto es porque se las considera encarnaciones del espíritu materno y, por lo tanto, sagradas.

¿QUÉ PRÁCTICAS APRENDEN DESDE CHICOS?

Una de las prácticas espirituales más importantes de los hindúes es la meditación. ¿De qué se trata? Es una forma muy sencilla de tranquilizar los pensamientos y relajarse. ¿Cómo se hace? Solo hay que sentarse en el piso, con las piernas cruzadas y la espalda derecha, cerrar los ojos y respirar lentamente. Cuando aparecen pensamientos (como esa voz interna que dice: "Uy, todavía tengo que hacer las tareas…", "Tengo hambre, tendría que haber tomado la leche antes", o: "¿Ya empezaron las caricaturas?"), lo único que hay que hacer es dejarlos pasar como si fueran nubes en un cielo azul. O, prestando atención a nuestra respiración, sentir cómo el aire entra, se calienta un poquito en nuestro cuerpo y, luego, sale. Si les resulta difícil estar quietos, pueden probar con el yoga, otra disciplina de la India que ejercita el cuerpo, la mente y el espíritu. Los yoguis, que son practicantes muy avanzados, pueden hacer cosas increíbles, como secar ropa mojada con el calor de sus cuerpos (¡aun en medio de la nieve!) y volver más lentos los latidos del corazón. Claro que para eso hay que practicar un montón de años. Les proponemos que intenten hacer unas posturas simples (llamadas *asanas*) que tranquilizan y fortalecen, ¡todo junto! ¿Se animan?

ALGUNAS POSTURAS SENCILLAS DE YOGA

➡ *La cobra:* Acostados sobre el piso, levanten el pecho y lleven la cabeza hacia atrás lo más lejos que puedan. Mmmm, ¡qué lindo es estirarse!

➡ *La liebre:* Arrodillados, inclínense hacia adelante hasta que la frente toque el piso. Tómense las manos por detrás de la espalda y descansen un ratito con los ojos cerrados. Cómodo, ¿no?

KERALA, LA HERMOSA TIERRA DE BHAKTI Y NAMITA

P or fin, queremos contarles algo acerca del lugar donde transcurre la historia de Bhakti y Namita. Su nombre es Kerala y es un estado precioso en el sudoeste de la India, sobre la costa de Malabar. Sus habitantes son los más educados del país (no porque digan "por favor" y "gracias", sino porque más del noventa por ciento de los niños va a la escuela). El idioma que hablan se llama *malayalam* (o, en castellano, *malabar*) y es uno de los veintidós idiomas oficiales de la India. Una persona que habla malayalam se llama *malayali*. Pero no les recomendamos que intenten aprenderlo. ¿Por qué? Aquí va una muestra... Si quisieran preguntarle a alguien por su color favorito, por ejemplo, tendrían que animarse a decir esto: "Aetu samstaanattinaanu aettavum janasankhya ullatu?".

Para pedir prestado un bolígrafo, la frase indicada es: "Aarenkilum enikku ezhutaan oru paena tarumo?".

Pero no se asusten, hay también algunas frases fáciles. Para saludar a alguien que no conocen bien, por ejemplo, pueden decir: "Namaskaaram!". Y, entre amigos, alcanza con un simple: "Eh!", que no es para nada maleducado.

Por último, una curiosidad. Para preguntarle a alguien cómo está, tendrían que indagar: "Chorrunto?", que significa: '¿Ya comiste tu arroz?'. Ocurre que en Asia es muy común preguntarle a alguien si ya comió o ya se bañó a modo de saludo. Y, en Kerala, el arroz es considerado la base de toda comida, así que comer es, casi siempre, comer arroz.

Más allá del idioma, Kerala es conocido por sus paisajes paradisíacos. Tiene playas de aguas turquesas, montañas con aroma a café y canela, y un delta de aguas dulces que es muy lindo recorrer. Por esos mismos ríos y canales interconectados por donde navegaba Bhakti con Namita, circulan los famosos *houseboats* ('casas flotantes'), que antiguamente transportaban alimentos y hoy llevan a turistas a recorrer la zona. ¡Son tan lindos que debe ser difícil concentrarse en el paisaje!

LOS ELEFANTES DE KERALA

K erala es el estado con mayor población de elefantes de la India: tiene más de setecientos en cautiverio. En el pasado, las familias adineradas solían tener un elefante entre sus propiedades, pero en la actualidad la mayoría pertenece a los templos. Se los utiliza más que nada para las ceremonias religiosas, aunque algunos también trabajan transportando troncos. Los keralitas aman a sus elefantes y los consideran dioses. Sin embargo, hoy en día se cuestionan algunas viejas costumbres porque atentan contra la salud y el bienestar de estos nobles animales, por ejemplo, la de tener a los elefantes parados largas horas bendiciendo a los devotos con sus trompas en la puerta de los templos. Varias organizaciones de la India están trabajando para cambiar estas tradiciones. El Festival de Puram, que tiene lugar en la ciudad de Thrissur entre abril y mayo, es el más importante y vistoso de Kerala. En esta fiesta, los templos compiten entre sí por destacarse con sus grandes caravanas de elefantes, de hasta treinta animales cada una y cada cual más fastuosamente decorada que la otra. Los templos guardan sus preparativos en secreto para poder supe-

rar al resto en la riqueza de su despliegue. Sobre cada elefante, van tres sacerdotes, que hacen girar en el aire un colorido parasol, y también figuras doradas de los dioses. La procesión de elefantes es acompañada por el retumbar de tambores y la música de címbalos. La fiesta dura tres días ininterrumpidos y termina la última noche con un espectáculo de fuegos artificiales para el recuerdo. Para fiestas con fuegos, tambores y elefantes... ¡no hay como los hindúes!

GLOSARIO

→ *APPAM*: Una suerte de pan o tortilla, hecho con harina de arroz. Es una típica receta del sur de la India y se come para el desayuno.

→ *AYYAN*: 'Padre', en idioma malabar.

→ *BHAKTI*: 'Devoción'.

→ *BHANDU*: 'Amigo'.

→ *CARDAMOMO*: Planta originaria de las selvas del sur de la India. Se usan las semillas, machacadas, como condimento de platos dulces y salados. Son muy buenas para la digestión, y su sabor algo picante es típico de la cocina india. También se utilizan para preparar un perfumado té.

→ *EFIGIE*: La imagen de una persona en una moneda, pintura o escultura. Casi siempre se trata de un dios, un prócer o una figura histórica.

→ *ELATHALAM*: Especie de címbalos o platillos de bronce usados en el festival de Puram, en Kerala. También usan el *chenda*, un instrumento de percusión hecho de madera con parches de cuero cuyo sonido puede escucharse a kilómetros de distancia.

→ *FENOGRECO*: Las semillas de esta planta son uno de los condimentos más usados en la cocina de la India. Al sumergirlas en agua, despiden un aroma fuerte y un tono amarillo que tiñe los currys (mezclas de especias) y arroces típicos de la India. Es tan perfumada que la usaban los egipcios para embalsamar a los muertos (las famosas momias).

→ *GOPAL*: El dios Krishna, cuando era un niño.

→ *HIERBA DE LIMÓN*: Un tipo de pasto de origen asiático. Por su sabor alimonado, se utiliza como condimento de bebidas y comidas. Como es muy duro y áspero, se tritura antes de usarlo para hacer tés, sopas y currys. De una especie de este pasto se extrae la citronela, que nos resguarda de los mosquitos.

→ *KALARIPAYATTU*: Un arte marcial originario de Kerala. Se considera uno de los sistemas de lucha más antiguos del planeta. Incluye patadas, golpes y uso de armas, pero también secuencias de movimientos que parecen un baile y hasta técnicas para curar enfermedades.

→ *KATHAKALI*: Un teatro de pantomimas originario de Kerala. Tiene 500 años de antigüedad y es muy lindo de ver, porque los actores visten atuendos muy vistosos y se pintan las caras con colores vivos (¡toma unas cuatro horas maquillarlos!). Cuentan sus historias sin hablar, solo a través de sus movimientos.

→ *KERALA*: Es un estado federal (llamado *Pradesh* en idioma hindú), situado en el sudoeste de la India, sobre la costa de Malabar. Se le conoce por ser el estado mejor educado del país: el noventa por ciento de la población sabe leer y escribir. Kerala tiene un paisaje bellísimo, lleno de canales de aguas azules, playas de arenas blancas y vegetación tropical. El agua domina porque el estado está cruzado por cuarenta y cuatro ríos y cursos de agua (algunos de ellos son arroyos que solo se llenan en épocas del monzón, una fuerte lluvia tropical). El idioma oficial es el malabar, aunque también se habla mucho el tamil. Kerala es también el estado con la mayor población de elefantes, muchos de los cuales viven en los templos.

→ *MAHOUT:* Cuidadores de elefantes. Suelen vivir con ellos y dedicarse únicamente a su cuidado. Siempre son hombres, aunque a veces sus esposas colaboran en las tareas de limpieza. Tradicionalmente, usan cadenas y otros elementos para domar a los animales, pero hoy en día hay domadores que recurren a métodos más humanitarios.

→ *NAMITA:* 'Humilde'.

→ *OMA:* 'Dadora de vida'.

→ PARASOL: Una especie de paraguas que protege de la luz del sol. En las celebraciones de la India, se usan parasoles llenos de flecos y bordados que se sacuden al son de la música.

→ *PURAM:* Originalmente significaba 'casa', 'palacio' o 'ciudad'. Es también el nombre del extraordinario desfile de elefantes que tiene lugar en la ciudad de Thrissur, en Kerala.

ÍNDICE